小孩遇見詩

有禮貌的鬼

夏夏 著
陳怡今 繪

序

夏夏

這些詩是我寫的。這些詩不完全是我寫的。

兩個孩子陸續出生後，生活中的語言變得豐富起來。起初，孩子全心仰賴我們所給予的訊息，丟進小腦袋裡努力消化成有意義的資訊。漸漸地，他們開始不厭其煩地提出「為什麼」。有時候我懷疑他們是不是發現這三個字有魔法，只要說出「為什麼」，就會從大人嘴裡吐出更多聽不完的故事與更多驚奇的答案。所以，為什麼後面還有好多個為什麼，每日的對話主題充滿問與答的聲響。

這些詩就是在一連串的「為什麼」之中迸發出來的。

為了聽到更多有趣的想法，我也漸漸學會問「為什麼」，學習耐心聽孩子把話講完。有時候則是默不吭聲陪伴在一旁，聽孩子自顧自地說著。所以這些詩不完全是我寫的，多半是從孩子那裡偷來的。一些巧妙的語言，一些不可思議的聯想，一些放膽拼貼出來的圖像，像一片葉子落在生活平靜的水面上。我悄悄地用文字記錄水面泛起的漣漪，使得它們成為可以反覆觸摸的詩句。

也會在寫完詩之後，讀給孩子聽。他們緊盯著我，豎起耳朵來專心聽著，深怕遺漏什麼重要的線索。唸完後，孩子一邊咯咯笑著一邊說，還想再聽。有時唸完後，孩子呆愣著，彷彿還在思索剛才聽到的字句，一會兒過後才露出害羞的笑容。我更享受思索時的那幾秒空白，這或許就是詩在他們小小的胸膛裡發酵的時刻。

能把這些美好片刻記錄下來，我們是何其幸運。孩子教會我們在生活中提煉出詩的方法。

也但願每個讀詩的孩子，不論閱讀的當下是否能明白其中的意思，都能愛上這些跳躍的文字，並且在心中埋下種子，成為未來茁壯的力量。

目錄

巫婆有沒有小孩？

會吃人的巫婆
有沒有小孩？
他有沒有和我一樣
常常想搗蛋？

媽媽說
再不聽話
就送去給巫婆當小孩

巫婆媽媽會打屁股
還是沒收玩具？

會不准吃零食
還是用魔法讓我不能出去玩？

巫婆媽媽是不是也喜歡煮湯
湯裡面加了好多東西
還一邊攪拌一邊說
「好香好營養的湯，
快來喝吧！」

巫婆媽媽會不會在生氣時

給陪讀者的話

孩子喜歡被疼愛，不喜歡被管教，這首詩把孩子對媽媽又愛又恨的心情寫出來。即使偶爾變成兇巴巴的「巫婆」，還是想把最好的留給孩子，所以煮了好香好營養的湯，希望孩子健康長大，這也是每個媽媽的心情寫照。而無論是巫婆還是仙女，最重要的是，每個愛孩子的媽媽都是萬能的。

聲音也越來越尖
眼睛瞪得越來越大
好像要把我吃掉一樣
當小寶貝睡著時
巫婆媽媽會不會輕輕拍著他
說好愛好愛你
突然又變成最溫柔的仙女

如果是這樣
那我的媽媽不就是巫婆？

山的味道

車窗外
山，是綠色的鯨魚
從深深的大海裡
探出頭來
車子開得快，牠們也游得快
車子開得慢，牠們也游得慢

車窗外
山，是綠色的蛋糕
我大大咬下一口
啊，好酸喔！

趕快再吃一口甜甜的雲
一不小心，雲被我吃光了
爸爸說，天氣真好

車窗外

山，是綠色的大鼻子
巨人睡著了　正在打呼
高高的鼻子　慢慢地呼吸
他們夢見自己變成什麼？
我也慢慢地呼吸，慢慢地
和他們一起睡著了

給陪讀者的話

車窗外的山遠遠的，看起來沒有想像中龐大，反而比較像鯨魚、蛋糕、鼻子。想像綠色的蛋糕山嚐起來酸酸的，趕快吃一口甜甜的雲。雲被吃光了，是萬里無雲的好天氣。

讀完詩，可以和孩子一起想一想，山還可以是什麼呢？雲可以是什麼呢？下次坐車時，和孩子一起觀察窗外豐富的變化。

你是用什麼做的？

小鳥問我

你是用什麼做的？

「我是用橘子做的。」

小狗問我

你是用什麼做的？

「我是用花瓣做的。」

路過的貓問我

你是用什麼做的？

「我是用積木做的。」

紅綠燈問我
你是用什麼做的？
「我是用數字做的。」
3、2、1，可以走了

我要用咖啡做一個爸爸
用鬆餅做一個媽媽
用口水做一個弟弟

還有還有
我的手指是用薯條做的
看我把它們通通吃掉

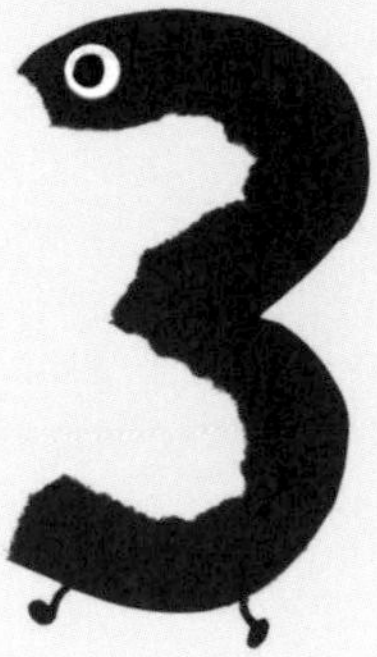

給陪讀者的話

孩子的想像力是不受限制的，所以他們可以是橘子、花瓣、積木，甚至是任何喜愛的東西做成的。這首詩藉由不同的提問，讓孩子體會到我們的生命和周圍的大自然是一體的，應該要多加珍惜環境。

可以問問孩子，「你是用什麼做的？」，加進詩裡面一起讀讀看。

給小雨滴的信

你在白白的雲上
玩些什麼？
你從高高的天上跳下來
會不會痛？
媽媽說要穿雨衣才不會淋溼
你為什麼沒穿雨衣
反而在雨傘上溜滑梯呢？

小雨滴
你是不是在天上看到我
想下來和我玩？
可是下雨天不能出去玩
你還是下次再來找我吧！

給陪讀者的話

下雨天很好玩，可以觀察雨中景致。下雨天同時也不太好玩，因為要撐雨傘、穿雨衣，還不能出去玩。趁著雨天，讓孩子觀察雨水如何在雨傘上溜滑梯，想像小雨滴的心情。

小雨滴的旅行

滴滴答答　滴滴答答
是小雨滴在敲窗戶
滴答滴答　滴答滴答
越敲越急　越敲越大聲

我和小雨滴說
你從水龍頭裡爬進來吧
小雨滴從窗戶流到地上
從地上流到小河
最後爬進水管裡

嘩啦嘩啦　嘩啦嘩啦
洗澡的時候
小雨滴從蓮蓬頭裡跳下來
抱住我的身體

給陪讀者的話

小雨滴從天上降下來之後去了哪裡？這首詩藉由邀請小雨滴來家裡玩，描寫雨水的旅行，最後變成洗澡水，從蓮蓬頭裡流下來，就像浴室裡下起了雨。

月亮去哪裡了？

一片彎彎的指甲
高高掛在天上
夜晚是一雙大手
輕輕拍著大地的背
搖籃曲唱呀唱
咦，月亮去哪裡了？

吃到一半的餅乾
高高掛在天上
夜晚是巧克力蛋糕
小螞蟻也排隊來享用
灑了一地亮晶晶的餅乾屑

一顆鳥寶寶的蛋
高高掛在天上
夜晚是溫柔的鳥媽媽
靜靜地在孵蛋
等到天亮的時候
太陽會不會從蛋裡跑出來？

給陪讀者的話

月亮是什麼形狀？是細細的新月，像剪下來的指甲屑，還是被咬了一口的弦月，或是像蛋一樣的滿月？不管是什麼樣子的月亮，都有愛它的天空陪伴著，像被呵護的小寶貝。

下次散步時，和孩子一起找找看，今天的月亮躲在哪裡？是什麼形狀？

好髒

回到家
媽媽說
我的手好髒
要洗完手才能吃飯

吃完飯
媽媽說
我的手好髒
要洗完手才能去玩
玩具好髒
不要放進嘴巴

地板好髒
不要趴在地上
鞋子好髒
不要踩在椅子上
馬桶好髒
不！要！亂！摸！

我玩得全身髒兮兮
好髒好髒
媽媽說完
還沒把我洗乾淨
就先親了一下

給陪讀者的話

為了怕孩子生病，叮嚀孩子多洗手，回到家把髒衣物換下，這是現代生活的寫照。不過貪玩的孩子，一下子又玩得髒兮兮。

在詩的結尾安排一個轉折，一向注重清潔的媽媽看到心愛的寶貝，不管三七二十一，忍不住先親一下，傳達出對孩子深厚的愛。

吹泡泡

輕輕的，
我吹了一口氣
吹出一串串泡泡
三個！五個！好多個！
多到來不及數

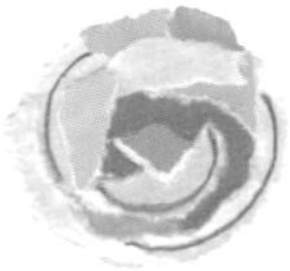

泡泡是在風中跳舞的
七彩的音符
我和風一起演奏著

輕輕的，
風也吹了一口氣
泡泡全都飛上天

我吹泡泡
風也吹泡泡

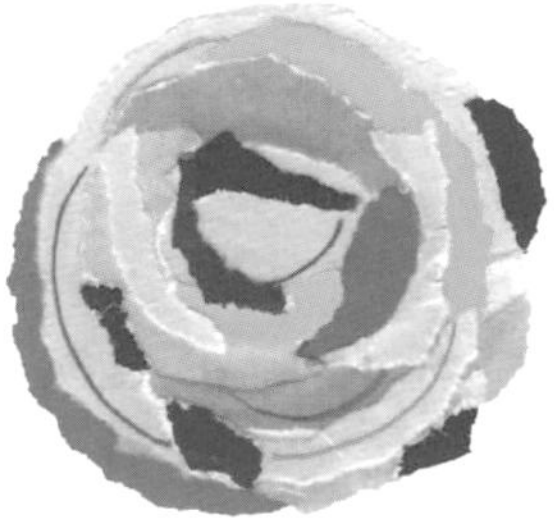

給陪讀者的話

還記得孩子第一次練習吹泡泡的模樣嗎？終於吹出泡泡時，孩子努力的小臉也綻放笑容。泡泡在空中隨風起舞，像一顆顆小音符，這是孩子和風一起演奏，屬於泡泡的歌曲。

肚子工廠

昨天吃下去的蔬菜和水果
在肚子工廠裡
噗嚕噗嚕 叭啦叭啦
我又長高了
剩下的變成便便
跟我說掰掰

我最愛的餅乾和麵包
在肚子工廠裡
呼嚕呼嚕 嘰哩嘰哩
我又更強壯了

剩下的變成便便
跟我說掰掰
便便掰掰，掰掰
乖乖跳進馬桶溜滑梯
轉個圈圈沖下去
掰掰了
我今天也要繼續吃下
好吃的食物

給陪讀者的話

食物吃進肚子後，是如何變成便便的？這對孩子來說是一個神奇的過程。引導孩子聽聽看肚子發出消化的聲音，好像一座工廠，正努力把食物變成營養、變成每天需要的力氣，也變成便便。

彩色的雲

有一朵雲
出門幫天空媽媽買水果
籃子裡裝了
香蕉、西瓜、柳丁和葡萄
回家的路上
偷吃了一口香蕉
身體變成黃色
又吃了一口柳丁

身體變成橘色
再吃一口西瓜
身體變成紅色
最後吃了一口葡萄
身體變成紫色
哎呀！玩太晚了
風一吹來

雲的顏色變來變去

一下黃色
一下橘色
一下紅色
一下紫色

終於回到家
天空媽媽說：快睡覺吧！
把燈一關
顏色通通不見了
只剩下黑色

給陪讀者的話

黃昏時的雲朵有著豐富的顏色變化，讓人忍不住停下腳步欣賞。不過夕陽是短暫的，天黑的速度好像關燈，突然間天空已經一片黑，全部的顏色都不見了。

天氣好的黃昏時刻，和孩子一起讀這首詩，觀察天空的顏色變化，試試看會發現哪些顏色。

迷路的雲

有一朵雲
要離家出走
天空媽媽說：
好，路上小心

他飄呀飄　飛呀飛
越飄越遠　越飛越遠
一不小心迷路了
哇的一聲哭著喊：
媽媽！媽媽！

媽媽說：別哭，別哭
媽媽就在這裡
一路保護著你

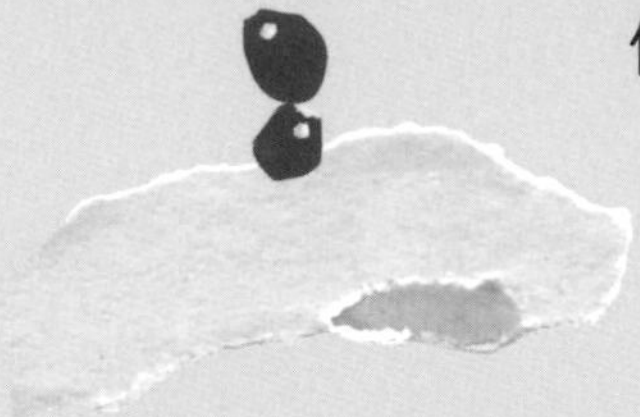

給陪讀者的話

孩子未必真的理解離家出走的意思，但成長的過程中難免幻想離開家裡去探險，可能是走進未開燈的臥室，或是到巷口買東西。不管去到哪裡，父母總是在旁邊守護，孩子直到需要幫助時才發現。

可以和孩子討論在他們心中「很遠的地方」是哪裡？遇到困難該怎麼辦？也別忘了讓孩子知道，爸媽的愛永遠都在身邊。

鏡子

鏡子裡有一個我
鏡子外也有一個我

我張大嘴巴
他也張大嘴巴

我吃一口飯
他也吃一口飯

我吃青菜
他也吃青菜

我一口接一口
他也一口接一口
我們誰也不讓誰

鏡子裡的媽媽在笑
鏡子外的媽媽也在笑

給陪讀者的話

這是一首充滿動作而有趣的詩。孩子為了比賽看誰吃得比較多，對著鏡子裡的自己一口接著一口吃。讀完這首詩，可以引導孩子觀察有趣的鏡子世界，在鏡子前做出不同的動作。

有禮貌的鬼

關上電燈
蓋好被子
喀啦喀啦　吱——
是誰來了？

我閉著眼睛
不敢看
假裝睡著
它是不是就會走掉？

鬼坐了下來
翻開我的作業簿和圖畫
糟糕，藏在抽屜裡的祕密
會不會被發現？

鬼走到書架前
把地上的故事書放回去
討厭，它怎麼還不走？

鬼坐在我的床邊
我太害怕了

給陪讀者的話

　　這是一首充滿聽覺的詩，也像猜謎。孩子因為怕鬼，所以不敢張開眼睛，誤把關愛自己的家人想像成鬼，還意外發現鬼會幫忙整理房間。

　　閱讀時，可以和孩子聊聊，自己睡覺時會害怕什麼？透過討論這首詩，讓孩子學習獨自入睡。

忍不住動了一下
鬼居然說：
小寶貝，快快睡覺！

鬼還做了什麼
我不記得了
不小心睡著以後
好像聽見它爬到電燈上
還偷玩我的小火車

天亮的時候
房間變得好整齊
原來不是所有的鬼都很壞
有些鬼很有禮貌喔！

打雷

轟隆隆　匡啷啷
是雷公把飯碗打破了
一粒粒　一顆顆
飯粒從天上灑下來　變成小雨滴
落在田裡　又長出稻米
匡啷啷　轟隆隆
是我把飯碗打破了
一顆顆　一粒粒
飯粒從桌上灑下來

黏在身上　掉在地上
奇怪，
怎麼沒有長出稻米？
反而是媽媽變成雷公
我的眼睛下起小雨滴

給陪讀者的話

這首詩分成兩個場景，兩種意象。開頭是下雨天，雨滴像從天而降的飯粒，灌溉農田，讓稻米茁壯，成為我們餐桌上的米飯。

連結到第二個場景，小孩在飯桌上打破碗，卻不像雷公的飯碗變成小雨滴，反而是一地髒亂。媽媽看了好生氣，小孩急得哭起來，眼淚又成了另外一場雨。

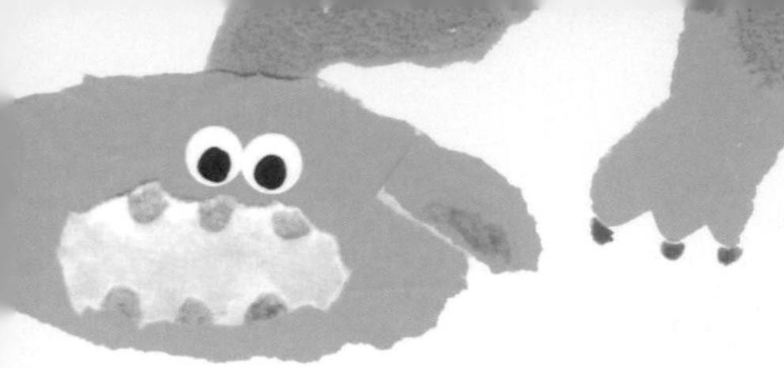

天堂裡有什麼？

天堂裡面有
枯萎的花、發黃的葉子
還有腐爛的果子

還有嗎？

天堂裡面有
阿公的頭髮
阿嬤的牙齒
還有死掉的阿祖和狗狗

這麼多東西
天堂會不會裝不下？

天堂裡還有
壞掉的玩具、弄丟的帽子
弟弟咬破的書

天堂裡什麼都有
好像百貨公司
真熱鬧呀！

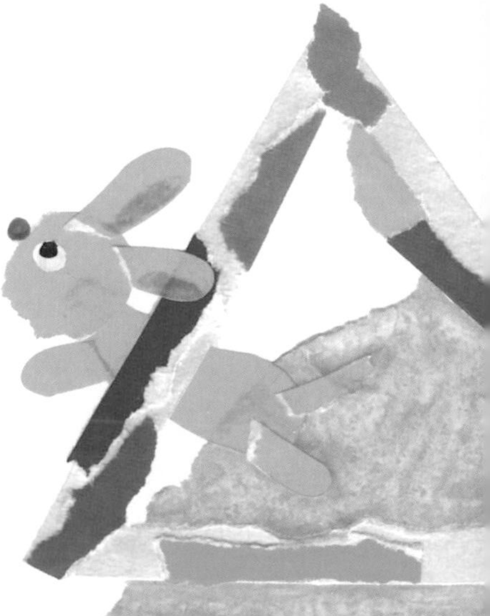

給陪讀者的話

天堂是一個奇妙的地方，大家經常提到，但是沒有人真的知道那裡有什麼。我們也經常在快樂、幸福的時候提到天堂，這時候天堂好像又沒有這麼遙遠。

讓孩子說說天堂裡面還可以有什麼，把它們加進詩裡面。反正天堂就像一座巨大的百貨公司，什麼都可以放進去呀！

天堂也是
你微笑的嘴角
媽媽的擁抱
還有爸爸在臉上偷親一下
是早上醒來看見的陽光
是我們都愛唱的那首歌

彩虹

今天是糖果一樣的粉紅色
我遇見了彩虹

今天是芒果一樣甜的黃色
我遇見了彩虹

今天是摔了一身泥巴的咖啡色
我遇見了彩虹

今天是下著毛毛雨的灰色
我遇見了彩虹

今天是輕飄飄的透明色
我遇見了彩虹

媽媽說晚上不會有彩虹
但是你猜發生什麼事？
我在一片黑漆漆的夜晚裡
發現了彩虹

給陪讀者的話

好心情是粉紅色和甜甜的黃色，壞心情是泥巴般的咖啡色和毛毛雨的灰色，也有的時候不好不壞，是透明的顏色。無論是哪一種心情，孩子天生擁有快樂的能力，能在最糟糕的情況裡發現樂趣。

試著把家人喜歡的顏色加進詩裡面，讓詩裡面充滿迷人的色彩。

不要之歌

不要餵我
不要幫我擦嘴巴
我不是小baby了

不要把麵包撥成兩半
不要把蘋果切開
我想用手抓著
張開嘴巴大口咬
我的力氣很大

不要幫我
穿鞋、提書包、脫外套
不要站在教室門口
捨不得走
我已經長大了

不要大吼大叫
不要對我生氣
要好好地說　慢慢地講
你忘記了嗎？

不要跟我一起唱歌
我已經從頭到尾記得
讓我自己唱
不要在我的朋友面前抱我
說我是你的小寶貝
可是
可以在我睡著後
偷偷親我一下

給陪讀者的話

詩中有許多「不要」，每次反抗都是孩子在爭取更多學習空間。然而又如同詩中最後一段所表達，有時候孩子說不要，卻還是想被父母疼愛。這種矛盾的心情，是孩子成長的一部分。

讓孩子說說哪些事情是他從前不會做，需要大人協助，但是現在已經會的？也引導孩子想想，拒絕時該如何用適當的方式表達。

不想洗澡之歌

不想洗澡
我還不想洗澡

太空梭正要出發
飛向宇宙尋找祕密

一閃一閃的星星
從遙遠的天空向我揮揮手
它們從來都不洗澡
還是亮呀亮呀亮晶晶

給陪讀者的話

孩子常常玩到捨不得去洗澡，甚至找了很多理由，這首詩是替孩子找的其中一個美麗的藉口。因為就連星星都沒有洗澡，還是亮晶晶的讓人喜愛啊！

不想睡覺之歌

不想睡覺
我還不想睡覺

轟隆轟隆
是地球轉動
嘩啦嘩啦
是大海歌唱
滴答滴答
是忙碌的時鐘

它們從來都不睡覺
永遠一直玩一直玩

給陪讀者的話

我們身處的世界和孩子一樣，有著活潑愛玩的心，即使我們入睡了，世界還是忙著玩耍。跟孩子一起發揮創意想一想，還有什麼東西不必睡覺，可以一直玩一直玩？

不想起床之歌

不想起床
我還不想起床

和愛麗絲的下午茶正要開始
草莓蛋糕等著我去咬一口
香蕉餅乾才剛烤好呢！

撲克牌士兵來了
我們趕快跑
跳進下一個夢裡面
再多睡五分鐘

給陪讀者的話

喜歡玩耍的孩子，連在夢中世界都可以玩得不亦樂乎。這首詩帶我們進到童話故事，愛麗絲跟著兔子跳到樹洞中，展開神奇的下午茶會，還被撲克牌士兵追得到處跑。

讀完這首詩，可以延伸閱讀《愛麗絲夢遊仙境》的故事。也讓孩子說說看記得的夢，想一想夢裡面和醒來以後的世界有什麼不一樣？

A
A
Z
Z

這就是我

剛出爐的麵包
想用手指戳一個洞
路邊的小石頭
想把它踢得遠遠的
這就是我

下雨過後的小水坑
想用力踩一下
漱口的時候
想把水噴得好高好高
這就是我

看到媽媽很累
想抱抱媽媽
弟弟手上的玩具
忍不住搶過來玩
好吃的點心
最想要和爸爸分享
這就是我

害怕故事裡的巫婆
又覺得她好可憐
如果要把怪獸打敗
更想和牠做朋友
這就是我

有點不乖　有點乖
這些都是我

給陪讀者的話

不論到了幾歲，認識自己都是重要的事。每個人有自己的特質，有喜歡的事物，也有討厭的東西，這首詩希望讓孩子知道每個人都可以擁有自己的樣子，沒有對錯，也不該被分類成優點或缺點。

郵筒

小心翼翼
我把手中的信　投進郵筒
裡面是寫給聖誕老公公的悄悄話

喂，郵筒啊郵筒
你會幫我保密嗎？

郵筒只是挺著大大的肚子
瞇著兩隻細細的眼睛
盯著我看
為了保護祕密
它沒有嘴巴

給陪讀者的話

神奇的郵筒幫我們把想說的話送到好遠的地方，等待回信又是一件令人期待的事。讀完詩，可以帶孩子試著寫信投遞到郵筒中，也可以為孩子講解郵件是如何傳送，讓孩子認識「信」的奇妙旅程。

生日快樂

我出生的那天
媽媽笑了
爸爸笑了
阿公阿嬤笑了
大家都笑了

我出生的那天
媽媽哭了
爸爸哭了
阿公阿嬤都哭了
大家都哭了

不是說生日要快樂嗎？
阿公說
因為太快樂太快樂
快樂到滿出來
所以哭了

給陪讀者的話

孩子喜歡生日，可以吃蛋糕，説不定還有禮物。不過生日的意義不只這樣。一起慶祝生日時，全家人一起回想新生命來到的那天，讓每個人幸福得又哭又笑。

藉由這首詩可以和孩子討論情緒表達，哭不一定是難過，笑不一定是開心。在這首詩裡面大家都哭了，這也是一種特別的情緒。

如果你問我

嘗試

把一顆石頭丟進水裡，
才知道水會濺得多高。
一顆又大又紅的蘋果，
必須吃進自己的嘴巴裡，
才知道是酸的還是甜的。

努力

再試了一次，沒有成功。
必須再試好多次，
即使你知道不一定會成功。

保護

像鳥媽媽用翅膀蓋住鳥蛋，
像大山把脆弱的花朵抱在胸膛裡，
讓喜愛的東西和人不會受傷，
當然也包括你自己。

孤單

好像沒穿衣服的時候，
想找一條毛巾把身體包起來，
卻找不到毛巾的感覺。

希望

希望是一隻鳥，
會飛到每個人的窗邊唱歌。
有些人把窗戶打開，
有些人把窗戶關上。

給陪讀者的話

孩子藉由提問，擴充他們對世界的認識，認識又帶來更多好奇。這首詩試著把抽象詞語用孩子能理解的情境說明，當然，這不是唯一的解釋方式。

可以和孩子討論，還有什麼方式可以理解這些詞語？和孩子一起把生活中不懂的詞語寫下來，並且一一找出解釋的方法。

音符大合唱

五線譜大公寓裡有點擠
一樓的樓梯上住著花貓咪咪
二樓的房間裡住著拉叔叔
都先生住在地下室
西奶奶住在中間那層樓
颼姊姊和發哥哥喜歡靠在一起
小瑞最拿手的是吊單槓

有時候他們輪流說話
有時候他們吵架吵個不停
不過他們最喜歡的

還是手牽著手
變成一串串音符
一起大合唱

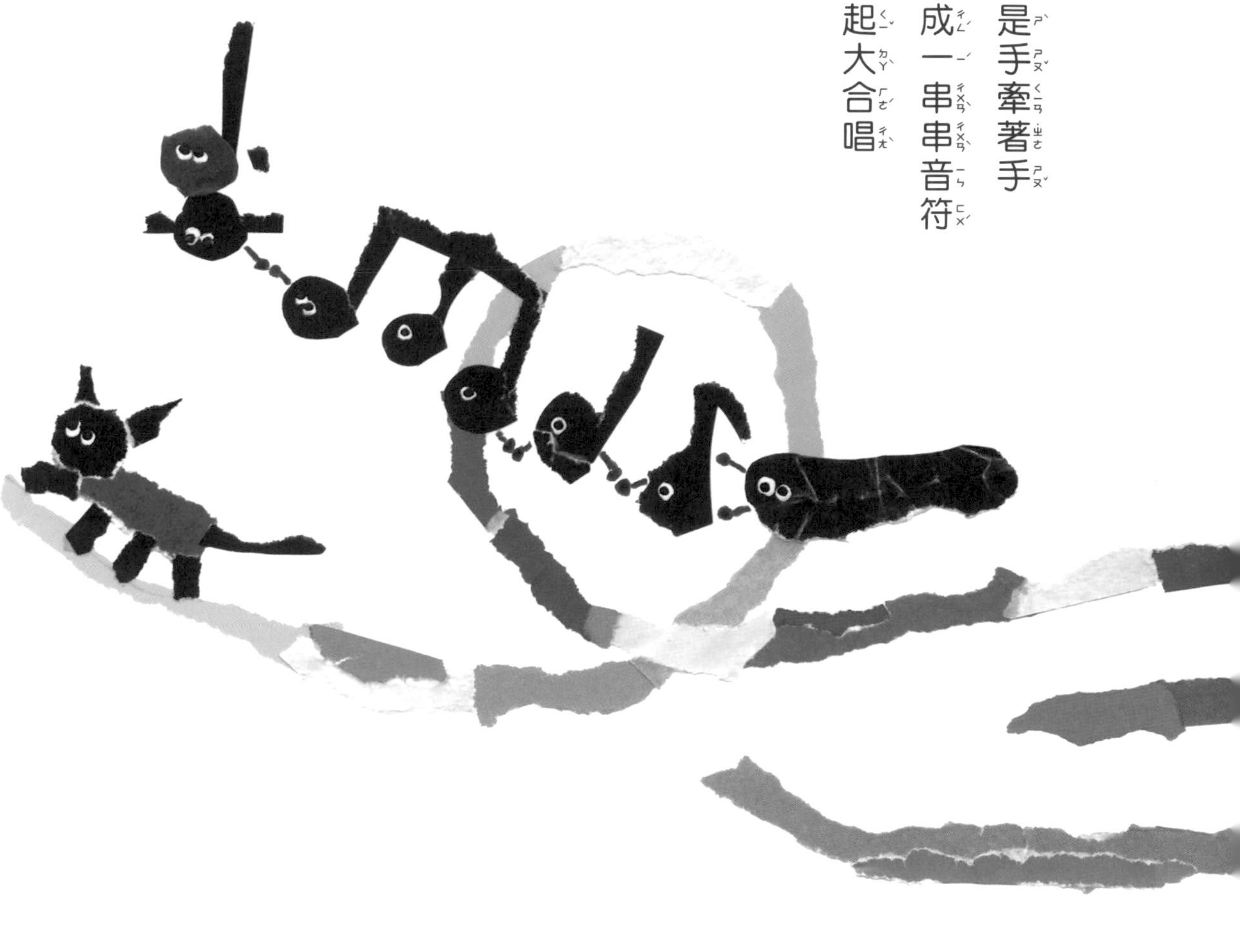

給陪讀者的話

音樂是除了語言之外，另一個傳達情感的重要工具。音樂的風格有很多種，不過每一種都可以用五線譜上的音符記錄下來。

在這首詩第一段裡，給予每個音符稱呼，以及介紹它們在五線譜上的位置。詩的第二段中，則描述音符演奏的方式，可以輪流說話，也可以合唱。

鑰匙和鎖

鑰匙和鎖最要好
鎖起來的門
是一扇關起來的嘴巴
不管誰來敲
都不開門
只等著鑰匙輕輕轉動
才願意張開

爸爸說我也是一把鑰匙
一見到我
爸爸皺起來的眉頭
就打開來了
嘴角也忍不住微笑

我的鑰匙是媽媽
每次哇哇大哭時
只有媽媽能讓我的嘴巴閉上
流個不停的眼淚也停了下來

給陪讀者的話

一扇鎖起來的門就像緊閉的嘴巴，需要鑰匙打開。詩中藉由鑰匙和鎖的比喻，來描寫家人之間的關係與情感。爸爸緊皺的眉頭、緊閉的嘴巴是另一道鎖，卻被孩子可愛的模樣解開。而孩子難過時，幸好還有最了解孩子的媽媽能給予安慰。

我的爸爸

爸爸是一隻手
當我不小心跌倒
扶我站起來

爸爸是一張嘴巴
睡不著的夜晚
他說著一個又一個
神奇的冒險故事

爸爸是一對耳朵
我哭　我笑
他都耐心聽著

爸爸是一雙長長的腿
跑得很快　跳得很高
但是為了陪我玩
他常常蹲得低低的
為了要等等我
他願意走得很慢

爸爸是強壯的肩膀
遇到危險的時候
會變身成超級機器人
遇到我的時候
又變成溫柔的擁抱

給陪讀者的話

　　這首詩把爸爸比喻成是手、嘴巴、耳朵，有時候是腳、肩膀，藉此突顯孩子眼中的爸爸強壯到沒辦法一把抱住。而為了孩子，爸爸可以改變自己，一下子是堅強的機器人，一下子是溫柔的擁抱。

沙發

鬧鐘響了
好睏喔
我躺到沙發上
想再多睡一下

咦，這張沙發
怎麼會打呼？
原來是壓到爸爸了！

咦，這張沙發
怎麼氣呼呼地把我推開？

原來是壓到姊姊了！

哎呀，好痛
我被沙發咬了一口
原來是壓到小狗尾巴

弟弟說，
這張沙發為什麼扭來扭去
沙發也會怕癢嗎？

我笑著爬起來
不睡了不睡了
大家通通起床
別再賴床了

給陪讀者的話

該起床了，可是孩子還想賴床。雖然從床上爬起來，但是看到沙發又忍不住躺下去。這首詩充滿畫面想像，每一段詩裡提到的沙發都不同，到底是沙發？還是家人？為什麼大家都變成沙發了？

原來大家都想賴床，全擠在沙發上，連小狗也懶洋洋躺著。

噴水池

陽光下
忽大忽小
開出一朵朵鑽石般的花

微風中
忽上忽下
揮動一根根透明的羽毛

月光下
忽明忽暗
灑下一枚枚閃亮的錢幣

在夢裡
噴水池悄悄許願
下次想變成公主
穿著美麗的蓬蓬裙
跟著水聲
跳起舞來

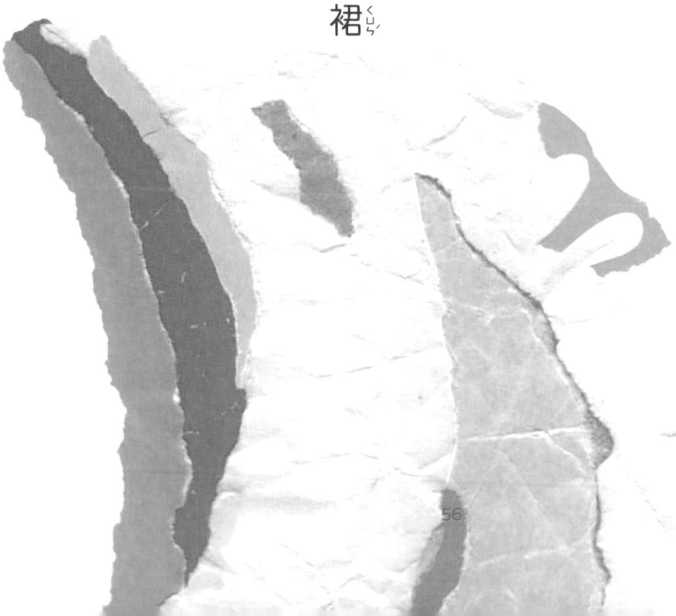

給陪讀者的話

噴水池有著神奇魔力，大朋友和小朋友都喜歡。噴出來的水柱像鑽石般的花、透明的羽毛，灑落的水花則像閃亮的錢幣。

不過帶給大家歡樂的噴水池也有小小的夢想，希望能變成公主。一眨眼，水花就化身成優雅的蓬蓬裙，跳起舞來了。

再等一下

再等一下
香噴噴的飯菜
馬上要煮好了

再等一下
不要這麼快天黑
我還想再玩一下

再等一下
讓香蕉從綠色慢慢變成黃色
才會又香又甜又好吃

再等一下
冬天就要向大地說再見
綠色的葉子會掛滿整棵樹
我也會長得越來越高

再等一下
親愛的阿公，再等一下下
我很快就會長大
請你先不要變老
再等我一下

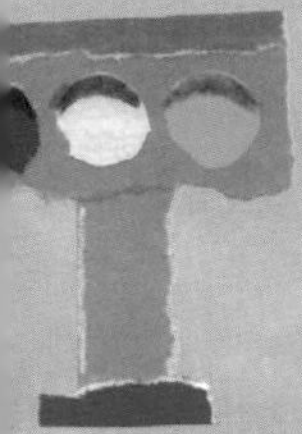

給陪讀者的話

時間計算可以精準，也可以模糊。生活中經常會說「再等一下」，就是屬於模糊的概念。詩裡面每一段都提到再等一下，可是每一個時間長短都不同。

至於孩子長大需要多久的時間呢？在我們滿心期待孩子快快長大的同時，不知不覺我們也變老了。這時候，多麼希望時間可以再等我們一下啊。

後記

小宇宙——
獻給大朋友們

小宇宙啊小宇宙
你來自何方通往何處
你是誰的媽媽又是誰的花朵
這個問題你已聽過無數次
卻始終閉口不答
將一屋子的星星點亮
讓提問的孩子置身時間的黑暗之海
孩子們吶轉眼長大

你依舊閃爍童稚的光芒
只有年老的眼睛偶爾想起
嵌在眼角的淚光與你相互輝映
小宇宙啊小宇宙
謝謝你和你的美麗

小木馬繪本屋 010

小孩遇見詩

有禮貌的鬼

作者	夏夏
副社長	陳瀅如
總編輯	戴偉傑
責任編輯	鄭琬融
行銷企劃	陳雅雯、尹子麟、汪佳穎
封面與內頁繪圖	陳怡今
書籍設計	TODAY STUDIO

出版	木馬文化事業股份有限公司
發行	遠足文化事業股份有限公司（讀書共和國出版集團）
地址	231 新北市新店區民權路 108-3 號 8 樓
電話	02-2218-1417
傳真	02-2218-0727
E-mail	service@bookrep.com.tw
郵撥帳號	19588272　木馬文化事業股份有限公司
客服專線	0800221029
法律顧問	華陽法律事務所　蘇文生　律師
印刷	前進彩藝股份有限公司
初版二刷	2024 年 8 月
定價	新台幣 400 元

ISBN　9786263141513

國家圖書館出版品預行編目（CIP）資料

小孩遇見詩：有禮貌的鬼 / 夏夏 著. -- 初版.
-- 新北市：木馬文化出版：遠足文化發行，
2022.04
　面；　公分
ISBN　978-626-314-151-3（精裝）

863.598　　111003673